由良　三庄太夫

風呂井まゆみ詩集

編集工房ノア

詩集「由良　三庄太夫」　目次

I

Ⅲ　大江山　酒呑童子

装幀　森本良成

I

残像

思わず走りそうになった
くじらが空を飛んだ
あの日の事

お腹の底からおかしくて
誰にも話せない

飛行機全体に描かれた
くじらの絵

一頭のくじらが
頭を下げて潜ってゆく

ゆっくりと
ゆっくりと

娘が幼い頃のこと
一緒に追いかけた日もあった

両手に下げた買い物袋
今日は重い
ふと
紺碧の空に
くじらを探す

ずーっと飛ばなくなったくじら
くじらが空を飛んだあの日々は
幻だったのだろうか

大空に泳ぐ
くじらの残像

夕焼け

太陽はまだ高いが
空は少し赤みを帯びてきた
緑地公園に続く堤防を
私はいつものウォーキング

ふと
足元を見ると
私の足の影が道路を横切り
堤防の側面のコンクリートに

長い足の影となって
歩く

天井川の天竺川を越えて
対の堤防の側面のコンクリートに
今度は
腰から肩までの影を発見
連なっている私の影
頭のない影が歩く

緑地公園に近づくと
堤防の向こうに広がる墓場
見えなかった頭の影が墓場に侵入
次々と墓石に映り

帽子を被る私の頭が移動する
墓石の上に止まるカラスの群れ
帽子がカラスを覆ってゆく
気がつかないカラスたち

夕焼けのなか
足の長い私が
帽子を被って
墓場を横切る

ガレージ

老犬となってからでも
長い
近所のガレージの隅
尾も背中も毛が少なくなって
肌を見せている
鎖はない

よろよろと
四本の足を広げて立ってもいたが

今はもう
頭を支えるのも億劫な様子
折り畳まれた毛布の上
顎をべったりつけ
一日中伏す

半分下りたシャッター
ガレージの前を通るたび
老犬を捜す私

風もなく
枯れ葉が落ちる
生も死も重い

ひたすら目を閉じて
ガレージの隅に
茶色の塊

定位置

週一度の我が家の掃除
床の間の前で
正座する

ただの物体となって
過ごしてきた
長い年月
死も恐れなくなって

まだまだと言い聞かせて
居直り続け
向き合う親と娘

布を通して感じる
湯呑み茶碗のかたち
骨壺は冷たく
しっかり
重い

黄色の袱紗に包まれて
手のひらの大きさ
母の分骨

床の間の隅
定位置に
今日も
置きなおす

ジム

夜
近くの国道沿い
ビルの一階がいつの間にか
ボクシングジムとなっている
ガラス張りの中
照明が一段と明るい

リング上ではトランクス姿の若者
機敏な動き

フック　ジャブを繰り返す
それを受けている先輩が何か言っているが
外からは聞こえない

ジムの中には十人程の若者
鏡の前で攻撃と受身を繰り返す
他の若者はスポーツ機器で
ひたすら鍛える
新鮮な驚き

外から見ている男たちのなか
後ろで離れて見ている私
こんなところで出てくる涙
ガラスの向こうとこちら

その夜
吊るされたサンドバッグ
激しくて揺れて

私のブラウスの小さなボタンと

洗面所の三面鏡
両側の鏡を両手でそれぞれ開ける
少しずつ角度の違う上半身
対称に
私が何人もになって連なる

着ている半袖のブラウス
色の違う胸の小さなボタン
鏡の中に溢れている

鏡の中から飛び出すボタン

近くの公園
近所の仲間と植えたケイトウ花壇
赤　黄　ピンク
ブラウスの胸のボタンと同じ配列

公園の隣はグループホーム
お年寄りの人たちが介護の人と
ケイトウ花壇のベンチでおしゃべり
お話がかみ合わない

三面鏡の左右に広がる私

完全に視線が合わない
多くの他人を見ているような
不思議な気持ち

鏡の中に連なっている
ケイトウとボタン
寂しくなってゆく

出し汁

元旦の朝
一番に
三箇日《が》分の出し汁をつくる
鍋一杯に

冷え切った小さな家の中を
時には
階段を
昆布や鰹節の香りが

立ち上がる

毎年欠かさず行ってきた

我が家で一番大きい寸胴鍋で
作っていたが
いつの間にか
ひと回りちいさい鍋で充分になった

かつて母が作った出し汁は
出し雑魚《じゃこ》の匂い
だだっ広い田舎の家
台所から寝床に匂う
楽しみの香り

お雑煮が食べられる

今年も
二人だけで迎える元旦
いつかくる
どちらかのお一人様

せめて三箇日だけでも
考えないでおこう

背中

大通りから角を曲がる
と
我が家の側面の半分が見える

二階の寝室
片面の窓のカーテンが開いている
不思議だ
誰もいないはず

お隣の庭の隠れ蓑の木
いつの間にか
我が家の台所を隠していて
二階の寝室の
窓の手すりまで伸びている
光る葉

近づくと
葉の隙間から
誰かの背中が見える
ぺったり窓ガラスに
へばりつく背中

近づけば近づくほど

おかしさがこみ上げる
背中はやはり動かない

日向ぼっこをしているのか
隠れ蓑が似合う
あの人の背中

今日は小春日和

靴

遠くに嫁いだ娘を
訪ねることも少なくなった

仕事を持ち
二人の子どもを育てている
玄関のドアを開ける
小さなスニーカーやサンダルが
乱れていても
私は黙って揃えてきた

久し振りに訪ねて
ドアを開けると
少し大きくなった二足の靴が並ぶ
小学生になった長女が
両親の普段履きの隣に
私の靴を揃えてくれた

仕事を持って私も育てた娘
娘が小学生になった時
靴の揃え方を教えた
右と左を正しく揃え
玄関の外に靴先を向けて置く
履きやすいよ

母が教えたとおり教えた

歩きながら靴を脱ぎ
叱られた幼い頃
下駄　藁草履　ズック
三人のきょうだいの履物が散乱していた
私が小学生になると
母は私に靴当番をさせた

娘の家のベランダから
遠く正面に見える
少し雪を残す白山連峰《はくさんれんぽう》が
連なっている

晩秋

出口を見定めていても
逃げることができない
一人となって残っている
何度もこんな場面に立つ

フラッシュバック

ある日
張りつめた糸が切れそうになり

無残にも出口から転がり出る

暗闇の中
繰り返されて触れてきた
人間の血

眠られない寝床で
私は全てをゆだねている

私の内に向かって
沈んでゆく
一枚の紅い葉

足

少し開いたドアから
お義兄さんの二本の素足
膝から下だけが見える

白いベッドの上
少し前まで
苦しいのか足を動かしていたのに
動かなくなった

入れ替わり立ち替わり
ドアから
看護婦さんが出入りする
医者も走る
お義姉さんの声もする

病室の前
私たち夫婦が
廊下の椅子に座って見ている
二本の足

数日前
布団の中に手を入れて
さすってあげたお義兄さんの足

随分むくんでいたのに
今は細くなって晒されている

きちんとそろえられた
白く綺麗な二本の足
九十二歳のお義兄さんの足
私たちの
死も意識をして見ている

死角

予定通りの時間に
姉の家に着く

大きい田舎の家に
たった一人でこの一年を
どうして過ごしてきたのか
今年は雪も多かっただろうに

突然

玄関から姉が出てくる
すっかり曲がってしまった
姉の腰
何かを探しているのか
私に気がつかない

家の前の田んぼ
満開の菜の花

姉が菜の花の向こうを
勝手口に向かい
横切ってゆく
近所の人とも挨拶して
もっと腰が曲がる

私は喪服
姉はまだ着替えてもいない
今日は
義兄の一周忌

トンネル

よい天気なのに
雨が降りだす
突然
車外に虹の左半分が見える
久し振りの虹だ
胸が熱くなる
車にぴったりついてくる
丹波の山に虹が走る

峠を過ぎると
今度は
右半分の虹に変わる
しばらくして消えた

ひょっとして車は虹のアーチを
走り抜けたのかもしれない

気がつくと
さっきまで降っていた
小雨がやんで
前方に青空がくっきり
故郷に向かう

私のながいながい
トンネルだけが

II　由良　三庄太夫

また　明日

由良川の向かいの村から
毎日
五時になると鐘が鳴る
小さな村はどこにいても聞こえた

小川で遊んでいても
木に登っていても
誰もが鐘の音とともに
家に帰る

さいなら三角　また出て四角
四角はお豆腐　お豆腐は白い
白いは兎　兎は跳ねる
跳ねるは蛙　蛙は早よ帰～る
また　明日

別れても
見えなくなっても
繰り返し歌う

夜になると人買いがくる
川の流れる北の方向に
昔

鬼の酒呑童子が住んでいた
青く頂きを見せる大江山
麓に近い由良の町から
恐ろしい大男がやってくる
子ども一人
塩　一貫目で買いに来る

向かいの村に行くのは
板で作った流れ橋
その橋を村の子どもたちで渡った者が
いなかった

ある日
年上の子どもたちが流れ橋を渡る

探検に行った
お寺に行った
寺には鐘はなく
境内は一本の高い銀杏の木
色づいた黄色の銀杏の木など
向かいの村の何処にも見えない
寺さえ見えない

ギョロ目で赤ら顔
毛むくじゃらの大男
人買いがきて鐘を鳴らしていると
言い出した
誰もが言い出した

毎日
五時になると鐘が鳴る
人買いがくる
子ども一人
塩　一貫目で買いにくる
また　明日

（注）村上天皇の時代、丹波国桑田郡の商人、山椒太夫が由良岳に金鉱ありと見抜き由良に住み着く。金銀財宝を集め長者になり由良の庄、岡田の庄、河守の庄、三庄の代官となり、由良では三庄太夫という。
（「山庄略由来」より）

ふるさと

どうしたのだろう。

年を重ねるごとに故郷が気になりはじめる。何か忘れ物をしてきたような気持ち。

ふるさとの伝説「由良　三庄太夫」と「大江山　酒呑童子」が気になっている。私を呼んでいるような　いいや私が求めているのだ。初夏のこと。帰郷する。

広がる田畑の真ん中に　ドンと真新しい赤土の堤防がいつの間にかに築かれていた。思い出が遮断された気持ち。

堤防を上がる。見える緩やかにカーブして流れる由良川。
昔のままだ。川沿いは桑畑が広がっていたが　今は荒れて原
野となっている。
向かい村は変わらない。流れ橋はコンクリートの橋に。
結局は橋を渡らなかった私。

鐘が鳴る。
時計を見る。
五時。
なつかしさがこみ上げる。
今も向かい村のどこにも寺など見えない。
私の内の鐘とゆっくり共鳴してゆく。染み付いている鐘の音。
田畑から帰る子どもたちは見えない。桑の実で唇を紫色した
子どもたちも何処にも見えない。

私は何を探しているのか。
変わったもの　変わらないものが交錯してゆく。

紙芝居

公会堂は村の真ん中にある。
普段は親たちの寄り合いの場所だが　時々は子どもたちのためにもなった。映画会があり　紙芝居があり　時には収穫の食事会もあった。

ある夜
公会堂で「山椒太夫」の紙芝居があった。小学生になっていない頃だったと思う。
安寿と厨子王が人買いに売られた。お母さんと別々の舟に乗

せられ別れ別れになってゆく。母が佐渡へ。安寿と厨子王は
離されてゆく。丹後の由良へ。由良には人買いの山椒太夫が
いた。
私はその時になってはじめて理解した。

ギョロ目の大男の人買いの名前は　山椒太夫なのだ。
向かいの村の鐘が鳴る。子ども一人　塩一貫目で買いに来る。
その名前は山椒太夫。
買われた安寿は由良の海で汐汲みを。厨子王は山へ芝刈りを。
逃げようする二人の額に　山椒太夫は焼け火箸。
見ていた皆が怒り出す。私は「やめて」と精一杯の言葉。
知らなかった者。知っていた大人。
紙芝居を見た夜の事は忘れない。

姉と黙って手をつないで帰る。
山椒太夫の名前を胸に刻んだ。
その夜は満天の星空。

ねがい

老いて
故郷の村に立つことは
私のねがい

由良川の流れの方向
変わらず聳える大江山
夜になると人買いがくる
大江山の向こうの由良の町から
恐ろしい人買いがくる

ギョロ目の赤ら顔
毛むくじゃらの大男
子ども一人
塩　一貫目で買いにくる
その名前は三庄太夫

農家の庭
筵に座る一人の老女
刈り取られた粟の穂に群がる雀
盲目なのか長い竿で追っている
売られていった母の老いて貧しい姿
厨子王は元服して正道と名乗り
父の無実が認められて国守となる
佐渡に母を探しにきての再会

ベンベンベンベン
紙芝居の場面を思い出す

安寿恋しや　ほうやれほ
厨子王恋しや　ほうやれほ
鳥も生《しょう》あるものなれば
とうとう逃げよ　逐《お》わずとも

明日こそ由良の町を訪ねよう
幼い厨子王が柴を刈った山中
安寿が汐を汲んだ由良の海
身を投げた安寿の悲しみの池
最後の所を訪ねよう

思い続けた私のねがい

父と鱸《すずき》

父は鱸＊を釣るのを夢見ていた。村で誰も釣った者はいない。
暖かくなると海から川を上り寒くなると海に帰る。出世魚だ。
父は夏の夕方　近くの由良川の深くに二、三匹の銀色に輝く
腹を見せて泳ぐ大きな魚を見た。今までのどの魚より美しい。
鱸の幼魚セイゴに違いないと喜んだ。
夕方になるといそいそと釣りに出かける。セイゴを狙ってい
ると家族は知っていた。

ある日

川下の大江町の釣り人が一メートル近い鱸を釣り上げた噂を聞いて上機嫌の父。釣った所は河口近くで三庄太夫屋敷跡と伝えられている近くの由良川だ。屋敷跡には古墳があり石室が残っているらしい。私はそのほうが気になった。

小学校の図書室で森鷗外の「山椒太夫」を読み終えたばかりの私。父に訊ねる。

「山椒太夫はええ人なんか？　国守となって厨子王が由良に戻って人買いを廃止したら　あの山椒太夫が奴婢を解放して給料を払ったんはほんまか？」

「由良の人はそんなことはゆわん。三庄太夫は厨子王に極刑で殺されたんや。道端に首まで土に埋められて　通行人が傍に置いてある竹鋸《たけのこぎり》で首を引いて　生殺しにされながら死んでゆく。

昔はそんなことがあったんや。欲張りで　御寺への寄付やお布施を横取りした三庄太夫の最後は　悲しい伝説と由良の人は思っている。三庄太夫の屋敷跡の古墳からは　金銀宝物が一杯出たらしいよ。棺桶は朱棺で棺を由良川で洗うと河口まで　朱色に染められたんや」

その夜
父と私は違う思いでときめいていた。父は由良川の河口から銀色に輝く鱸の群れが　鮎の稚魚を追って上っていく姿を。私は三庄太夫の首から流れる血が　奴婢や安寿と厨子王の悲しみとなって　由良川が朱色に染められて流れてゆくのを連想し　身を縮めていた。

あの日。

＊季節に応じて移動する成長魚。冬場は海底深い所に住む。成長すれば一メートル近く背は青く腹は銀色。高級魚。六月から八月、鮎を追って川を上る。四〇センチから五〇センチ。

由良の浜

翌日　由良の浜を訪ねる。
広がる日本海。
由良川は広がり日本海に入る。
川と海が区別がつかない。
蒼く光る海。
水平線が濃く空と海を区別していた。

小学生の頃

由良の町に沿って延びる松林の砂浜。
その浜辺に従兄弟が私たちきょうだいを
海水浴に連れてきてくれた。
海。
浜風。
何人かしか泳いでいない海水浴場。
沖に出た姉たちを待つポツンと一人の浜辺の私。
海岸の端に突き出た岩場が。
それが安寿が汐をくんだ岩場。
天秤棒で担いでこの浜辺を歩いたと従兄弟が教えて。
紙芝居で見た安寿を思い泣いて待った浜辺の
私。

中学生の頃

父ときたことがある。
バスできたが釣りはしなかった。
二度目の由良の海。
そこは由良川の河口。
「対岸に安寿のお墓があるんだよ」
と教えた。
「僕が死んだら　骨を由良川に流してもらいたいなあ。
そうすれば　いつかこの河口に着く。由良の海の中だ。
そして僕は風なってもいいし雲になってもいい」
ベレー帽姿の父が笑った。
何気ない父の言葉　それしか覚えていない。
間もなく父は亡くなった。

安寿姫

安寿の最後の地を訪ねる。
安寿姫塚は父が言った通り由良川の河口の　右岸の舞鶴市に
ある。安寿は覚悟の入水ではなかった。飢えと疲れから死を
選んだと知り愕然となる。

弟の厨子王を京に逃がすため　国分寺に庇護を頼むと、別れ
た母がいる佐渡を訪ねようと　かつえ坂を上ったのだ。上り
切れない無念の死。
私もかつえ坂を上る。確かに長い坂だが苦しくはない。その
辺りは一帯をひめがゆりと呼び　小さな山里があった。

残念無念の安寿の死。精魂尽き果て上り切れないかつえ坂。身を投げたのは佐織が池。さほど大きくもない。

村人はその畔に　祠をつくりお地蔵さんを安寿姫として祀った。真新しい赤の帽子とちゃんちゃんこを着ている。左右のバケツには今朝　供えられたと思われる小花が溢れて可憐だ。毎年七月十四日は　池端に燈灯が灯され宵祭が行われる。古くから村人に安寿が大切にされてきたと感じ清々しい気持ちになった。佐織が池周辺は手入れされていて薊の花があちこちに咲いている。

幼い頃より親しんできた三庄太夫の伝説が語りかける。理不尽な世界や　和解のない悲しみなど　いつの世にもあることに　幼い頃から慰められていたことに　勇気を貰っていたことに気がつく。

由良の町

三庄太夫は平安末から鎌倉時代の伝説。

平安時代から貴族たちの華やかな生活の一方、重税に苦しむ農民は一部は地方に逃げ他の貴族の奴婢となる。商人は私有財産として奴婢の売買が認められていた。主に裏日本に横行していたが次第に複雑化、中世以降は禁止された。商人山椒太夫は人身売買に従事していた。

安寿と厨子王は奴婢とする人身売買で山椒太夫に買われた。


由良の町は海よりも静かだ。一人の人にも会わない。由良ヶ岳に通じる七曲り八峠への入口を探すのは迷った。どこにでもある田舎の山上りの小道だ。奥に入るにしたがい竹藪が茂り枯れた竹や枯れ葉で小道が塞がれ　人が通った形跡すらない。所々で獣に食いちぎられたタケノコが散乱していた。七曲りの峠は厨子王が日に三荷の柴を刈った所で「柴勧進」といわれる厨子王の供養塔がある。村人が柴を刈る仕事に厨子王が苦しんで泣いているのを見兼ね柴を刈り持たせたと伝えられている。

その隣には三庄太夫がお仕置きとして鋸引きの極刑とされた所で「首挽松」の碑が「柴勧進」と並んでいる。皮肉だ。父が教えてくれた話を思い出す。昔は茶屋や人家もあったらしいが山津波で押し流されて　今はその面影もない。見渡すかぎりの山の中。恐ろしくなって我に返り追われる思いでかけ下りた。振り返らなかった。

ひっそりとした由良の民家の中に如意寺があった。無名時代の快慶の作と認められている（鎌倉時代初期作　京都府指定文化財）木像の金焼《かなやき》地蔵菩薩像がある。または身代わり地蔵と呼ばれている。

三庄太夫の目の前で安寿と厨子王の額が焼け火箸で十文字に焼かれた時　朝になると二人の額の傷が消え　代わりに身代わり地蔵の額に傷があったと伝えられる。以来降りかかる苦難や災難からすべての人の代わりに　身に受けて下さると信じられてきた　白い顔が印象的な大きな身代わり仏像。

三庄太夫首塚と呼ばれている一メートル近い塔も同じ庭にあるが息子の三郎の首塚とも言われ定かでなかった。

三庄太夫の屋敷跡も訪ねよう。

昔　由良の湊は製塩や運輸で栄えた。
由良の汐浜の塩は　丹後塩と呼ばれて良質で舟で由良川も上り大江町辺りまで商売されていたとも聞く。
由良川沿いの道路を走る。
しばらく　由良川を上り塩を運んだ昔の舟を心に描いていた。
ぼんやりとしていると突然にもう一つの思いが鮮明に浮かんでくる。
もうすぐ鱸が上り始めるだろう。銀色に輝く腹を見せて。

そして帰りには
思い切って　途中にあるもう一つの伝説　大江山を訪ねよう。

参考資料

『山椒太夫』　森　鷗外　新潮社
『さんせう太夫（中世の説教語り）』　岩崎武夫　平凡社
『安寿と厨子王（福島伝説）』　小林金次郎
（由良の歴史をさぐる会会長　飯澤登志朗　山庄略由来
　そのほか由良郷土舘資料による）

Ⅲ　大江山　酒呑童子

平安京の繁栄　それは一握りの摂関貴族たちの反映でありその影に非常に多くの人々の暗黒の生活があった。そのくらしに耐え　生き抜いて抵抗した人々の象徴が鬼（酒呑童子）である。その物語の背景から　破壊しながらもしぶとく　あくどく生きた底辺の人々の怨念が見え隠れする。

酒呑童子は山の神の化身とも考えられるが　山の神が仏教に制圧される過程にあり　土着の神々が支配する山は大江山しかなかったのである。酒呑童子は源頼光に騙され殺される。鬼の仲間だと言って近づき　毒酒を飲ませ自由を奪い鬼一族を殺した。この時　酒呑童子は「鬼に横道なきものを」と頼光を罵った。酒呑童子は都の人々にとって悪者であり　仏教や陰陽道の信仰にとっても敵であり妖怪であったが　その中心にいる帝こそが極悪人であった。

「鬼に横道なきものを」酒呑童子の最後の叫びは　土着の神や人々の　更には自然そのものが征服されていくことへの哀しい叫び声であったのかもしれない。

（日本の鬼の交流博物館資料より抜粋）

大江山へ

大江山は由良の町から車で帰る途中にある。

大江町を出て山岳の方に曲がると昔ながらの村が続く。大江山は連峰なので大江山が何処か今だにわからない。田畑が続く。道が段々と狭くなって。民家がぽつり。ぽつりと。以前きた時は　山里には遅い山桜が咲いていたが。寂しくなる。

畦道と丘との間に　小さな祠が並んでいる。鬼の家来たちを祀る祠らしい。酒呑童子を祀る神社はこんもりと茂る森の中にあるらしいが立ち寄ったことはない。

すでに大江山に入っている。時の止まってしまった風景だ。

誰一人見かけない。


しばらく上ると一軒の古い旅館のような建物。覚えていた。「鬼ケ茶屋」だ。布旗も立っている。いつも人の気配がないが雑草もなく手入れが行き届いている。かつて西国観音三十三ケ所巡りの巡礼たちが宿泊した旅籠だ。

そこには鬼退治の襖絵があるので有名。近くの岩屋寺の十世紀頃の鬼退治の版木絵から描かれた墨絵の襖絵。

道路の右側は杉林の崖が続く。

二瀬川

車を下りる。
崖の下の方からせせらぎが聞こえてくる。
二瀬川だ。勾配の厳しい杉林の崖の下に　渓流が流れている。
勢いのある流れ。この渓流こそ大江山に住みついた鬼の首領
酒呑童子が　夜になると　都に通力自在に烈風を起こして
さらってきた貴族の娘たちの身体から血を絞り酒として呑み
肉をそぎ肴として食べ　女官たちに血のついた着物を洗わせ
た所。
大きな石がゴロゴロしている。

冷たい風が吹き上げる。


せせらぎに沿って歩く。

しばらくゆくと流れる音から落下する音に変わる。草木をかさ分け見ると一筋の滝が。

「千丈ケ滝」と手作りの小さな札が立っていた。見晴らしが広がる。古からのたっぷりの澄んだ水。大江山の湧き水。

一瀬川の源流となる小さな湖。

ススキに似ているが背が高く枯れた葦が水面より半分以上を見せて湖の周辺に群生していた。周りには青葉若葉の木が茂る。

枯れた葦の穂だけが　風に吹かれていた。

伝説

故郷の家の裏山を登ると　由良川の向かい村の山奥に聳える鬼ケ城が見えた。そこには鬼の茨木童子[*1]が住んでいたとの伝説があるのは幼い頃より知っていた。茨木童子の首領の鬼は大江山に住んでいる酒呑童子だとは中学生の大江山登山の説明の時まで　知らなかった。

酒呑童子は昼は人間　夜になると三メートルの赤鬼と教えられる。酒呑童子も茨木童子も　都に反動する鬼と鮮明に記憶している。そんなことを考えながら八三三メートルの大江山を登る。

相変わらずの高く真っ直ぐに伸びる太い杉林と　密集し茂るブナの原生林が交互に並ぶと　この世と思えない程素晴らしい。大江山の伝説を生み出したのは何だろう。考えながら登る。地元では泥まみれに働く農民たち。その人たちの悲しみ苦しみが時を重ねて怨みとなる。

そんな思いを偶然に大江山に住みついた修行僧に託したのか。

または　由良の海に漂泊してきた異国人に。あるいは鉱山の発掘者に想いを抱き　次第にもっと強い架空の鬼に姿を変えて鬼神様として崇め　密かに信じて耐えてきたのだろうか。

今　地域に残っているのは　鬼退治の勅令を受けた源頼光とその部下五名[*2]の鬼退治の成功の行事は　今も地域の神社に残り語り継がれている。

また芸能として能の面影をとどめる真っ赤なかつらに羽織袴

で舞う鬼退治の舞が　村の一族に伝わっていると聞く。

大江山は不思議な山だ。途中にある見晴らしが広がる所が何ケ所かあるが　そこから眺めると空と大江山しか見えない。人間の生活を感じるものが人里さえも何一つ見えないのだ。大江山にいると　この世は空と私と大江山のみである。それはほとんど頂上まで続いた。

＊1　京都一条戻り橋（羅生門）では渡辺綱と渡り合って、腕を切り落とされた。鬼退治の勅令を受けての源頼光は大江山へ。茨木童子はいち早く、首領酒呑童子を助けに大江山に駆けつける。

＊2　碓井貞光、卜部季武、渡辺綱、坂田金時、藤原保昌。

山帽子

八合目の木造の展望台に着く。雲海の見晴らしが有名な所だ。

遠く薄く峰が続いているのが見えるが　どこの峰かわからない。やはり村も田畑も見えない。展望台からは真下の斜面に山帽子が白く群生しているのを見つける。

一瞬　酒呑童子を思い出す。

大江山を上る前に　ふもとにある資料館で見た最後の酒呑童子を思い出している。鬼ケ茶屋にある墨絵の襖絵の展示。
強烈な酒呑童子の最後の姿。頼光に毒酒を飲まされ切られた

酒呑童子の首が　頼光の兜にかぶりついている。
酒呑童子は鬼とゆうより龍に似て　二本の長い角。飛び出す
二つの眼球。まさしく妖怪の様。生々しく美しい墨絵の襖絵。
怨念がみなぎる酒呑童子が　時を越えて白い山帽子の群生と
重なる。「鬼に横道なきものを」

チッ　チッ　チッ　チッ
ゾナの木の高い所から小鳥がさえずる。通りがかりの人が相《そう》
思鳥《しちょう》だと教えてくれた。頂上に誘っているかのよう。
谷川に掛かる小さな橋を渡る。

千丈ケ嶽

大江山の山頂　千丈ケ嶽に着く。
頂上は野原のように平面で　何組かの家族が楽しんでいる。
中学生の大江山登山の記憶が甦る。父が亡くなってすぐ後の
遠足で涙で見えなかった風景を見る。下界が広がる。

町並みも集落も何一つ見えない。広がるのは田畑ばかり。貼
り絵のように美しい。囲む山々。海は見えたが由良の海は見
えない。由良川が線となって流れているのが見えた。

不思議だ。

大江山からは人間味が　生活感が　何処からも感じられない。

古の人に心を馳せる。

人間よりも妖怪を。神を。鬼を。身近なものに願ったのだろうか。強い者に憧れたのだろうか。

酒呑童子の伝説は大江山に　この自然の中でこそ　成り立つのだと自分勝手に思った。平安京の繁栄に挑んだ酒呑童子を。働き尽くし貧しさに耐えて。生き抜いた怨念を。鬼神様に託した人々の悲しみが。複雑な気持ちが時を越えて聞こえてくる。

参考資料

『大岡信が語る「御伽草子」』　大岡　信　平凡社
『酒呑童子伝説』　日本鬼の交流博物館
『鬼力話伝』　日本鬼の交流博物館
その他　日本鬼の博物館資料による

あとがき

やっと第三詩集『由良　三庄太夫』を出版できることになりました。

原稿はおお方書けていたのですが、近所に住む独り生活の兄の大病と死去にあい、しばらく詩に向かえませんでした。

ここに出版に至ることができまして感謝しています。

特に「由良　三庄太夫」は、思い入れが強くて大変でしたが、豊かな自然の田舎で育ち、多感な子ども時代があったことに感謝しています。

出版にあたって、
大阪文学学校　高田文月先生
由良の歴史をさぐる会会長・飯澤登志朗殿
日本の鬼の交流博物館館長・塩見行雄殿
ふるさとの赤井信吾殿

皆様にお世話になりました。
ありがとうございました。

二〇二〇年七月

風呂井まゆみ

風呂井まゆみ（ふろい・まゆみ）
1945年、京都府福知山市に生まれる
所属「関西詩人協会」会員
詩集『私は私の麦を守っている』（2014、編集工房ノア）
　　『帰郷　早春の山ゆり』（2016、編集工房ノア）
現住所　〒561-0854　豊中市稲津町3丁目6-6

由良《ゆら》　三庄《さんしょう》太夫《だゆう》
二〇二〇年十月一日発行
著　者　風呂井まゆみ
発行者　涸沢純平
発行所　株式会社編集工房ノア
〒五三一－〇〇七一
大阪市北区中津三－一七－五
電話〇六（六三七三）三六四一
FAX〇六（六三七三）三六四二
振替〇〇九四〇－七－三〇六四五七
組版　株式会社四国写研
印刷製本　亜細亜印刷株式会社

ISBN978-4-89271-338-5
不良本はお取り替えいたします